à la 5e

Les ÉNIGMES de

NARUTO SHIPPUDEN

LAROUSSE

Direction de la publication : Carine Girac-Marinier
Direction éditoriale : Stéphanie Jouzier
Édition : Ella-Meï Tabernero Chaudet
Direction artistique : Uli Meindl
Conception graphique : Sophie Rivoire
Mise en page : SKGD-Création
Lecture-correction : Sophie Petitprêtre
Fabrication : Émilie Peyrou

21, rue du Montparnasse
75283 Paris Cedex 06

ISBN : 978-2-03-602268-3

De la 6e à la 5^e^

Les ÉNIGMES de NARUTO SHIPPUDEN

Aurore Meyer

Maths

Français

Anglais

Présentation des personnages

Naruto

Sakura

Ino

Sasuke

Kakashi

Gaara

Classe de sciences

Sakura doit classer des squelettes de dinosaures datant de plusieurs millions d'années.

Aide-la à compléter les éléments ci-dessous pour que la datation de chaque squelette soit écrite en chiffres et en lettres. Pour chaque nombre, entoure en rouge le chiffre de centaines de mille.

96 768 987 : ....

....

....

.... : six cent trente-huit millions huit cent soixante-dix-neuf mille cent vingt-trois

76 567 033 : ....

....

....

.... : quatre-vingt-quatre millions trois cent vingt et un mille vingt et un

68 765 374 : ....

....

....

Tout en haut !

Naruto essaie d'atteindre le haut d'une échelle. Pour ne pas tomber, il ne doit marcher que sur les barreaux où le verbe est au présent.

Les autres barreaux sont piégés : barre-les pour l'aider ! Pour finir, invente des phrases avec les verbes au présent.

RENTREZ

CHANTIONS

PEUX

PEINT

SENTEZ

DISIEZ

USENT

TERMINONS

CORRESPONDIT

ENCHANTA

NOMME

EMPLOIENT

C'est à qui ?

Observe ces questions et relie-les aux pronoms qui conviennent.

Est-ce ton idée ?	Oui, ce sont les **miennes**.
Est-ce l'entraînement de Naruto et toi ?	Oui, c'est le **nôtre**.
Est-ce l'entraîneur de Sakura ?	Oui, c'est le **sien**.
Sont-elles tes vraies amies ?	Oui, c'est la **leur**.
Est-ce la lettre de Sakura et Naruto ?	Oui, c'est la **mienne**.

Des qualités et des défauts

Naruto et ses amis ont des qualités et des défauts, comme tout le monde !

Forme des adverbes à partir des adjectifs ci-dessous.

Courant	Merveilleux	Incroyable	Ancien
Rapide	Patient	Calme	Poli
Cruel	Évident	Méchant	Sage
	Courageux		

....

....

....

....

....

À plusieurs

Réécris les phrases dans les bulles en accordant chaque verbe avec les sujets proposés. Fais attention au genre des personnages et conserve bien le temps au passé composé !

Je suis arrivée à Konoha.

Nous ....

....

....

Elle a emprunté la route.

Elles ....

....

....

J'ai gagné de nombreux points. Nous ....

....

....

Tu es allé t'entraîner.

Vous ....

....

....

J'ai fait tomber l'étagère.

Nous ....

....

....

Saut de rochers

Aide Naruto à franchir ces obstacles en formant des synonymes sur chaque rocher. Aide-toi de la liste si besoin.

Adorer
Craintif
Demeure
Éreinté
Fauteuil
Gai
Laid
Magasin
Réprimander
Souliers
Véhicule

Joyeux : ....

Aimer : ....

Automobile : ....

Maison : ....

Peureux : ....

Fatigué : ....

Siège : ....

Commerce : ....

Chaussures : ....

Moche : ....

Gronder : ....

Whose is this?

Relie chaque personnage aux boules d'énergie en fonction du déterminant qui correspond à chaque nom.

kings

stars

planes

boys

animal

apple

ice cream

arm

hour

sandwich

policeman

brother

A

An

Ø

Tout le monde d'accord

Les banderoles ont été découpées !

Retrouve les morceaux qui vont ensemble pour former quatre phrases. Attention aux accords !

Naruto •	• était partie •	• tous ses combats.
Sakura et ses amies •	• sont arrivés •	• en retard.
Sasuke et Kakashi •	• ont été arrêtées •	• sans dire un mot.
Sakura •	• a perdu •	• dans leur élan.

Songeur (1)

Naruto est allongé sur l'herbe et il regarde le ciel.

Complète chaque nuage en précisant s'il s'agit du passé, du présent ou du futur.

De nos jours →	Jadis → ....
Autrefois →	Avant → ....
Plus tard →	Demain → ....
Actuellement →	Il y a un millénaire → ....
À l'avenir →	
À notre époque →	

La course

Naruto et Sakura se lancent un défi : Naruto ne doit sauter que sur les droites parallèles et Sakura que sur les droites perpendiculaires.

Distingue les paires de droites parallèles des perpendiculaires pour connaître les droites sur lesquelles ils vont sauter.

Naruto : ....

....

Sakura : ....

....

Comment appelle-t-on deux droites qui se coupent ?

....

L'heure du goûter

Colorie le nombre de parts de gâteau que chaque personnage va déguster. Qui en a mangé le plus ?

Quelle fraction complète cette suite logique ?

$\frac{2}{12}$ $\frac{4}{12}$ .... $\frac{8}{12}$

C'est du passé !

Repère dans cette liste tous les verbes écrits au passé simple, puis barre-les dans la grille sachant qu'ils peuvent s'écrire horizontalement, verticalement, en diagonale, à l'endroit ou à l'envers, et qu'une même lettre peut servir plusieurs fois. Note ensuite les lettres restantes pour découvrir une phrase mystère !

AIMÈRENT	EURENT	JOUAI	RÉUNIRENT
ALLA	FAISAIS	MANGE	RÉVISIONS
ALLÈRENT	FINIRENT	PARLE	SORT
BUVAIENT	FIRENT	PARLEREZ	SUIVIONS
CHANTÈRENT	FURENT	PÊCHAI	TRICHAS
COUPA	FUT	PRENDRA	VINRENT
CRIÂTES	GAGNERONT	PRIS	VINS
DONNAIS	IDENTIFIAIT	PRIT	VOULUS

....

....

....

S	E	T	A	I	R	C	F	U	T
N	A	N	R	V	I	N	S	R	U
T	F	E	O	S	O	E	E	S	T
T	I	R	E	J	O	U	A	I	S
F	N	U	F	A	N	N	L	A	T
I	I	E	U	I	P	R	H	U	A
R	R	I	R	M	R	C	P	P	S
E	E	E	E	E	I	N	E	R	E
N	N	D	N	R	T	U	C	I	A
T	T	R	T	E	E	N	H	S	P
T	N	E	R	N	I	V	A	M	U
A	L	L	A	T	E	N	I	H	O
T	A	L	L	E	R	E	N	T	C

....

....

Humeur maussade

Naruto est de mauvaise humeur.

Mets toutes ces phrases en phrases injonctives à l'impératif.

Tu ne dois pas parler.

....

Sakura, tu m'écoutes.

....

Vous prendrez à droite derrière le terrain.

....

Tu nous les donnes immédiatement.

....

Tu dois en parler à quelqu'un.

....

Vous vous entraînez toute la nuit.

....

Songeur (2)

Raye tous les verbes conjugués au futur. Ils peuvent être écrits à toutes les personnes, horizontalement, verticalement, à l'endroit ou à l'envers. Une même lettre peut servir plusieurs fois.

A	R	T	T	E	M	Q	D	F	G
T	M	P	J	I	Z	S	S	J	H
T	Z	R	A	R	E	G	N	A	M
E	T	R	F	O	R	G	O	S	E
N	L	S	F	N	T	H	R	N	N
D	K	A	O	T	T	J	D	O	T
R	Y	R	U	M	A	K	N	R	I
A	T	I	I	R	B	L	E	E	R
S	S	D	L	L	E	M	R	S	O
D	F	N	L	J	E	Z	P	N	N
F	D	A	E	G	F	C	V	E	S
I	A	R	R	U	O	P	V	P	N
N	B	G	A	V	W	X	C	V	B

ALLER
AVOIR
PRENDRE
MANGER
FOUILLER
GRANDIR
POUVOIR
ATTENDRE
METTRE
PENSER
BATTRE
MENTIR

Labyrinthe infernal (1)

Naruto s'est perdu.

Pour l'aider à retrouver son chemin, barre tous les verbes qui ne sont pas conjugués au conditionnel, puis trace son trajet.

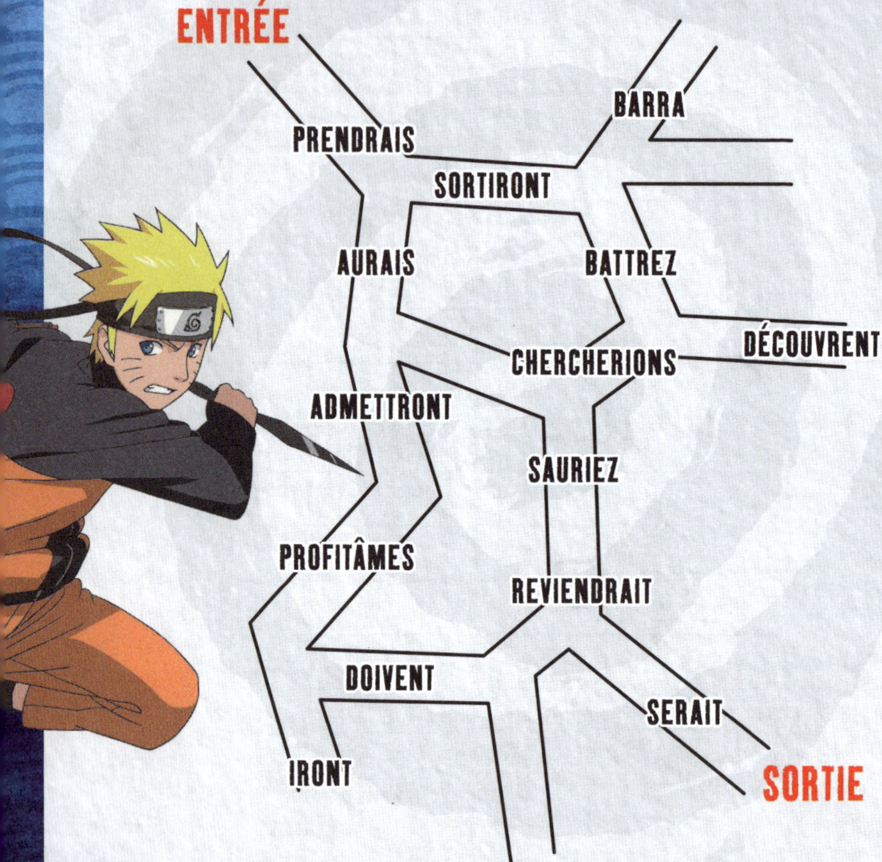

La, la, la !

Naruto a un doute : la, là, l'as ou l'a ?

Aide-le à compléter ces phrases !

Il .... posée devant la fenêtre.

Tu .... trouvée à .... tombée de .... nuit.

Il .... pose sur .... table délicatement.

C'est .... où je te retrouve pour .... première fois.

Naruto .... regarde de tous les côtés.

C'est à toi que Sakura .... promis.

Je vais rester .... jusqu'à .... fin du duel.

Tu .... bien méritée, celle- .... !

Mandala détente

Sakura a cueilli une fleur !

Colorie les pétales en bleu quand le mot est un nom, en vert quand le mot est un déterminant, en rouge quand le mot est un verbe, et en jaune quand le mot est un adjectif qualificatif.

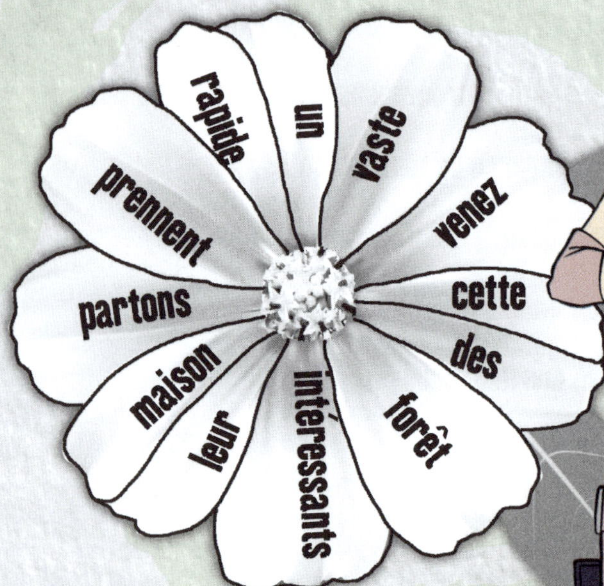

Chacun son groupe

Naruto, Kakashi et Sakura jouent à un jeu. Naruto s'octroie les verbes du 1er groupe, Kakashi les verbes du 2e groupe et Sakura les verbes du 3e groupe.

Trouve l'infinitif de chaque verbe et relie-le au personnage correspondant.

Offrit	Gagnerez	Disait ....
Donnerais	Dormions	Finissions ....
Obéissait	Eut	Pouvions ....
Iront	Est	

Additions et sonstractions

Naruto doit sortir de ce tunnel infernal le plus vite possible !

Aide-le en réalisant cette suite de calculs.

22 + 90 - 12 + 345 - 67 + 457 - 12 + 46 + 12 - 54 - 14 - 20 - 12

Quel nombre final as-tu trouvé ? ....

La pyramide

Naruto et Kakashi ne sont pas d'accord sur le nombre qui se trouve tout en haut de la pyramide. Naruto pense que c'est 317 760 et Kakashi est persuadé que c'est 3 317 760.

Qui a raison ? Pour le savoir, suis l'exemple et complète la pyramide de façon à ce que chaque case contienne le produit des deux cases qui se trouvent au-dessous.

[ ]

[ ] [ ]

[ ] [ ] [ ]

6 [ ] [ ] [ ]

2 3 4 1 5

L'affrontement

Naruto et Kakashi s'affrontent à coup de nombres.

**Compare les nombres de chaque ligne et complète la colonne centrale avec >, < ou =.
Attention, certains chiffres sont masqués par le symbole ◎.**

3,31	....	3,6◎
5,06	....	5,1◎
3,◎32	....	3,02
67,◎86	....	67,08
3,789	....	3,879
24,555	....	24,5
3,23	....	3,2300

Dans le brouillard

Relie chaque personnage à la pancarte qui comporte le résultat de sa division.

13 552 ÷ 112 | 24 032 ÷ 751 | 1 680 ÷ 8 | 13 168 ÷ 16

32

210

121

823

Niveau d'énergie

Chaque personnage a indiqué son niveau d'énergie.

Simplifie les fractions, puis détermine le niveau d'énergie de chacun, sachant que la jauge a un maximum de 75.

$\frac{36}{48}$

$\frac{15}{40}$

$\frac{8}{10}$

$\frac{35}{42}$

Les dalles du temple

Naruto ne va pouvoir marcher sur les dalles du temple que si les opérations sont effectuées.

Calcule ces divisions pour le faire avancer. Arrête-toi deux chiffres après la virgule.

23,7 ÷ 14

85,7 ÷ 11

37,2 ÷ 8

Le bilan

En marchant, Naruto a parcouru de nombreux kilomètres cette année.

Complète ce tableau de proportionnalité sans calculer le coefficient qui lie les deux lignes dans un premier temps. Pour finir, calcule-le !

Nombre de km parcourus	100	25	75		
Énergie dépensée	6,2			12,4	0,62

×

Le coefficient est de :

....

Duos de choc

Qui affrontera qui aujourd'hui ?

Effectue chaque multiplication, puis relie-la au bon résultat pour déterminer les binômes qui vont s'affronter.

$\frac{2}{7} \times 28$

16

$\frac{21}{7} \times 90$

270

$\frac{40}{30} \times 12$

8

What time is it?

Pour aider Kakashi à arriver à l'heure, relie chaque horloge à l'heure qui est indiquée.

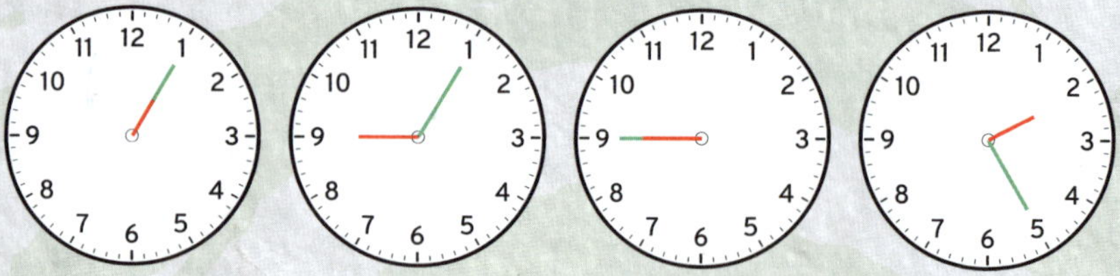

It's one	It's six forty-five
It's twenty to seven	It's twenty-five past two
It's quarter to ten	It's five past nine
It's ten past six	It's half past three

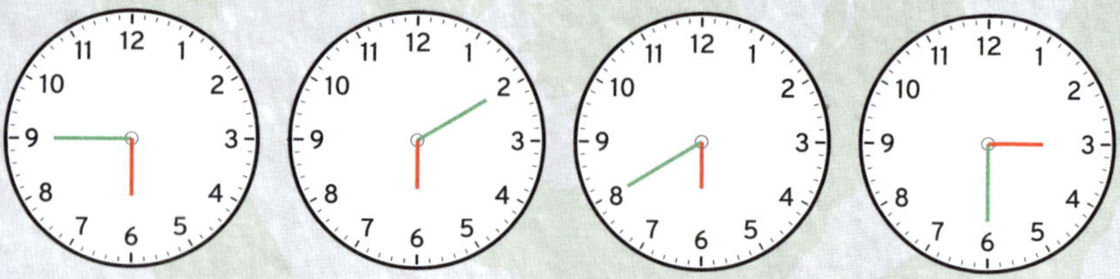

This is the day!

Quel jour sommes-nous ? Naruto est un peu perdu.

Aide-le à compléter la liste des jours, des mois et des saisons de ce calendrier perpétuel.

Monday	January	Spring
....	....	....
....	....	....
....	....	....
....	....	
....	....	
....	....	
	....	
	....	
	....	
	....	
	....	

Quelle aubaine !

Ces kunaïs sont soldés à -20 %, mais le vendeur s'est trompé dans ses étiquettes.

Peux-tu barrer celles qui contiennent une erreur ?

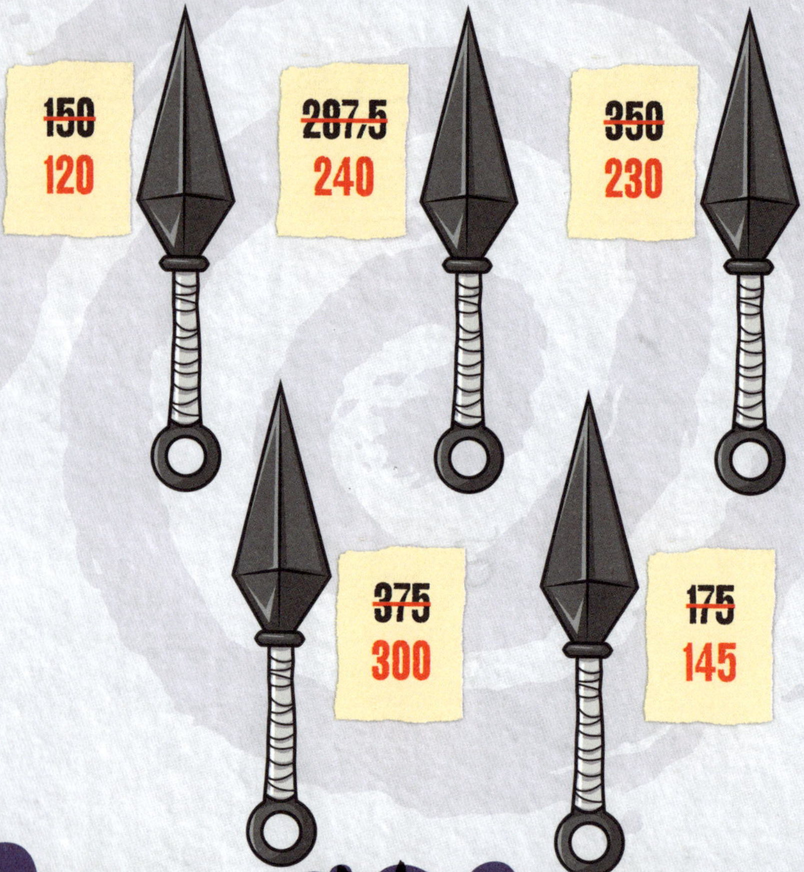

Pas d'accord !

Sasuke et Sakura ne sont pas d'accord : Sasuke pense qu'il y a 9 triangles dans cette figure et Sakura est persuadée qu'il y en a plus.

Qui a raison ? Compte le nombre de triangles pour le savoir.

Pour finir, colorie l'intérieur d'un triangle isocèle en bleu et celui d'un triangle quelconque en vert.

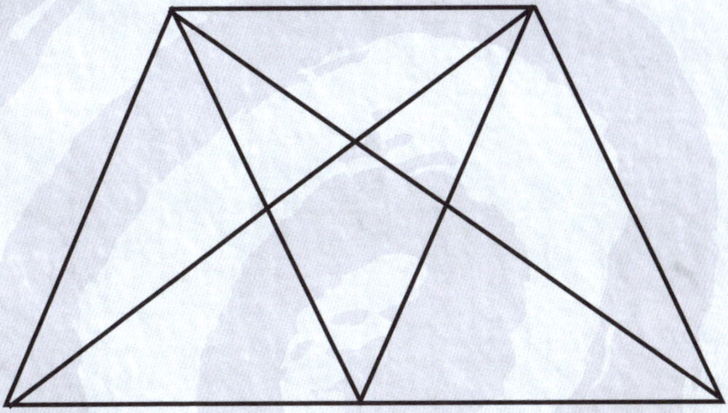

Nombre de triangles :

....

La réparation

Le plancher du pont Tenchi doit être réparé.
On essaie donc différentes formes de polygones.

Nomme chacun de ces polygones et donne sa nature.

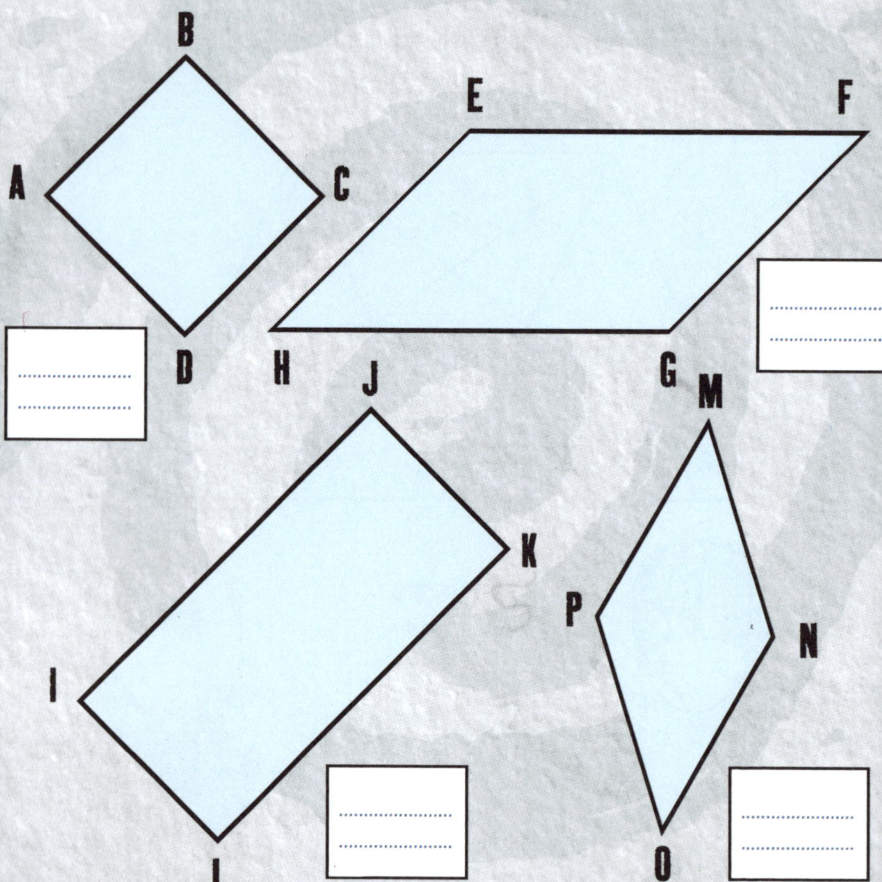

Perdu !

Pour se repérer sur la carte, Naruto doit tracer les axes de symétrie des îles qui en ont.

Peux-tu l'aider ?

On dérive !

Trouve l'adjectif au masculin singulier qui correspond à chacun de ces mots. Retrouve ensuite tous ces termes dans la grille ci-contre, sachant qu'ils peuvent s'écrire horizontalement, verticalement, en diagonale, à l'endroit ou à l'envers. Une même lettre peut servir plusieurs fois.

CHANCE : ....

CURIOSITÉ : ....

DIFFICULTÉ : ....

ÉCOLE : ....

EXACTITUDE : ....

GENTILLESSE : ....

HONTE : ....

LOYAUTÉ : ....

ORCHESTRE : ....

PARESSE : ....

PEUPLE : ....

PUISSANCE : ....

SÉCHERESSE : ....

SPORT : ....

TIMIDITÉ : ....

TRAVAIL : ....

T	L	Z	C	M	J	L	C	O	P	G	R
C	C	O	U	J	A	I	U	S	O	H	U
C	U	A	Y	W	E	T	R	P	P	Y	E
O	H	C	X	A	P	N	I	O	U	G	L
R	A	A	C	E	L	E	E	R	L	A	L
C	R	E	N	Z	T	G	U	T	A	D	I
H	S	G	T	C	F	Z	X	I	I	T	A
E	H	O	N	T	E	U	X	F	R	N	V
S	X	W	J	U	A	U	F	X	E	A	A
T	M	P	L	X	A	I	X	U	S	S	R
R	O	W	U	A	C	B	S	N	H	S	T
A	I	E	R	I	A	L	O	C	S	I	C
L	N	Y	L	E	D	I	M	I	T	U	V
X	U	E	S	S	E	R	A	P	V	P	B

Comparaison

La chambre qu'occupe Naruto est rectangulaire :
sa longueur est de 6,7 m et sa largeur de 4,8 m.

La chambre qu'occupe Sakura est carrée : son côté mesure 8,78 m.

Qui a la chambre au plus grand périmètre ?

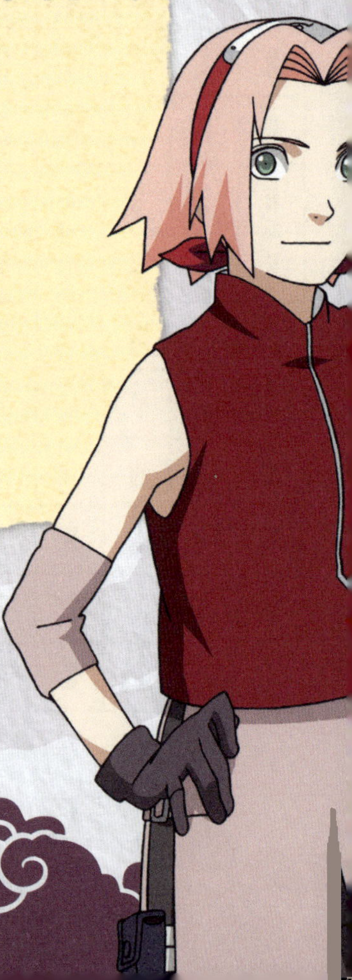

Terrain de combat

Naruto veut absolument combattre dans le plus grand terrain.

Calcule l'aire de chaque terrain et entoure celui que Naruto va choisir.

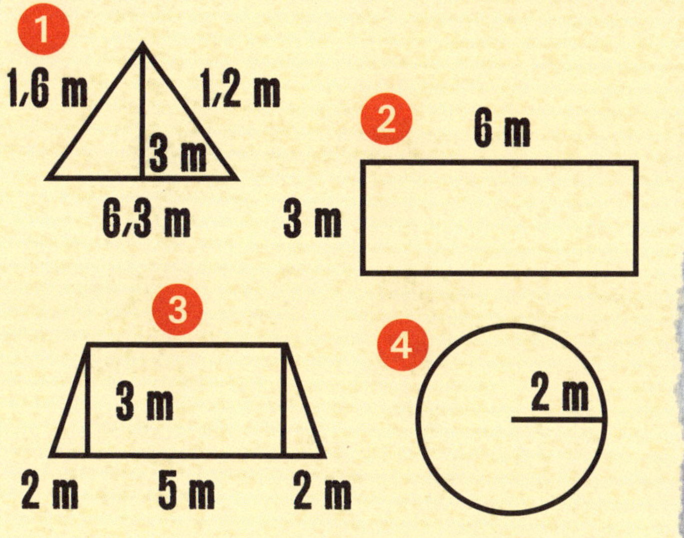

It's all in the past!

Retrouve le prétérit de chacun de ces verbes irréguliers, puis barre-les dans la grille. Ils peuvent s'écrire horizontalement, verticalement, en diagonale, à l'endroit ou à l'envers. Une même lettre peut servir plusieurs fois. Les lettres restantes te donneront deux mots mystères.

BRING : ....

BUY : ....

DO : ....

DRIVE : ....

FEEL : ....

FIND : ....

FORGET : ....

GO : ....

HAVE : ....

LEARN : ....

LOOSE : ....

PAY : ....

PUT : ....

SELL : ....

RIDE : ....

SING : ....

SIT : ....

SLEEP : ....

SPEAK : ....

STAND : ....

SWIM : ....

THINK : ....

WEAR : ....

WRITE : ....

UNDERSTAND : ....

U	P	A	I	D	S	O	L	D	A
T	N	E	W	E	A	C	T	F	D
H	A	D	A	V	N	O	O	O	B
O	D	E	E	O	G	U	O	S	O
U	L	E	A	R	N	T	L	M	U
G	I	O	O	D	S	E	E	D	G
H	E	F	S	N	P	T	I	E	H
T	R	I	M	T	O	D	O	T	T
T	O	A	U	N	K	E	D	O	R
A	W	P	T	L	E	F	J	R	D
S	T	H	G	U	O	R	B	W	A

....

Question de point de vue

Sakura fait un peu de rangement.

Suis l'exemple pour l'aider à trier ces angles et à les placer au bon endroit dans le tableau.

Angles aigus	Angles droits	Angles obtus	Angles plats
	$\widehat{BUS}$		

Quelle soif !

Qui a bu le plus de jus vitaminé cette année ?

Calcule le volume englouti par Naruto et Sakura en m³, puis convertis-le en litres.

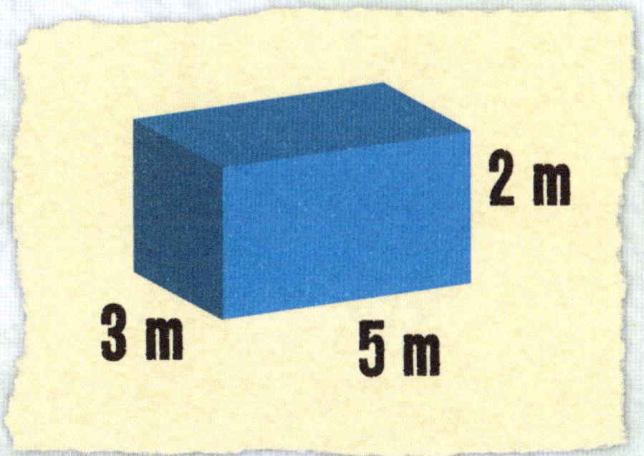

Un lien bien précis

Trace un cercle de centre N et de rayon 3 cm, puis un autre cercle de centre A et de rayon 6 cm. Colorie la zone commune aux deux cercles pour connaître le lieu d'entraînement de Naruto.

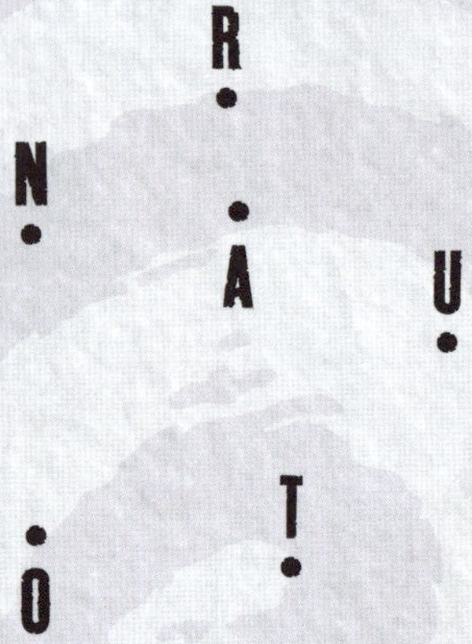

Comment appelle-t-on un segment dont les deux extrémités correspondent à deux points du cercle ?

....

Comment appelle-t-on une figure constituée des points d'un cercle et des points intérieurs au cercle ?

....

Surmonter les obstacles

Qui a franchi l'obstacle le plus haut ?

Pour le découvrir, convertis ces longueurs en mètres.
Entoure le vainqueur !

3 502 cm

= .... m

71,7 dm

= .... m

0,04 km

= .... m

5,75 dam

= .... m

2 232 mm

= .... m

En embuscade

Naruto a décidé d'affronter l'adversaire le plus lourd de la compétition.

De qui s'agit-il ? Convertis les masses en grammes pour le découvrir.

Pour commencer, complète ces égalités : 1 t = ... kg   1 q = ... kg

171 367 cg

12 176 mg

2 763 dag

179 dag

232 178 dg

1 288 hg

2,78 kg

C'est bien clair !

Pour chaque phrase, indique si elle est interrogative, exclamative, injonctive ou déclarative.

Comment as-tu fait ? ....

Il a réfléchi à sa stratégie toute la nuit. ....

Quelle énergie ce matin, Naruto ! ....

Incroyable, mais vrai ! ....

Sakura est ma coéquipière. ....

Je ne peux plus le supporter ! ....

Entrez ! ....

Où vas-tu aller ? ....

Ne viens pas. ....

Elle ne recule devant aucun obstacle. ....

Chez les filles !

Mets chaque adjectif au féminin puis place-le dans la grille.
Quel mot mystère apparaît dans les cases jaunes ?

1. MIGNON - 2. FRAIS - 3. LONG - 4. JALOUX
5. TURC - 6. ITALIEN - 7. SEC - 8. ROUX

....

....

Le rêve

Barre tous les verbes attributifs du tableau pour découvrir une phrase mystère.

NARUTO	ÊTRE APPELÉ	PARAÎTRE	AIMERAIT
DEVENIR	RENCONTRER	ÊTRE	SE FAIRE
S'APPELER	AVOIR L'AIR	RESTER	UN
HOKAGE	DEMEURER	ÊTRE ÉLU	SEMBLER

....

....

Défi

Sakura met Naruto au défi afin qu'il entoure les COD et souligne les COI de chaque phrase.

Peux-tu l'aider ?

J'adore ce jardin.

Sakura obéit aux ordres.

Sasuke parle de moi.

Naruto veut parler.

Il leur apporte de la motivation.

Elle donne de l'importance à Naruto.

Il exige que Naruto et Sasuke boivent une soupe.

Elle lui offre une médaille.

Je consens à ce que tu affrontes Sasuke.

Où, quand, comment, avec quoi ?

Naruto a du mal à classer ces compléments circonstanciels.

Aide-le en les soulignant dans chaque phrase, puis détermine s'il s'agit d'un complément de temps, de lieu, de moyen ou de manière et mets une croix dans la colonne correspondante.

	Temps	Lieu	Moyen	Manière
Au lever du soleil, j'ai trouvé Naruto.				
J'ai été parfaitement honnête avec toi.				
Un entraînement a lieu sur la place du village.				
Sakura court quand elle est en retard.				
Je m'entraîne avec enthousiasme.				
Je dois arriver avant midi.				
Je me suis endormi sur le sable.				
Tu reviendras bientôt.				
Je m'entends à merveille avec Naruto.				
Il s'est déplacé à vélo.				
Je suis parti en claquant la porte.				

Labyrinthe infernal (2)

Naruto se retrouve face à un labyrinthe !

Colorie en bleu les cases qui contiennent une expression au sens propre.

Colorie en rouge les cases qui contiennent une expression au sens figuré.

Quel chemin permettra à Naruto de sortir du labyrinthe ?

Nous étions orphelins.	Je suis tombé dans les pommes.	Ils ont abandonné leurs élèves.	Il a acquis une grande technique.
Elle ne bénéficiait d'aucune aide.	Naruto est dans la lune.	Tu deviendras un ninja.	Tu saignais du nez.
Tu avais peur des fantômes.	Il a la langue bien pendue.	Il avait un poil dans la main.	Tu as perdu espoir.
Elles ont arrêté à temps.	Ils joueront ensemble.	Nous avions un chat dans la gorge.	Vous aviez le temps.
Ils ne pouvaient pas venir.	Vous êtes enfin revenus.	Il a le cœur sur la main.	Il a médité toute la nuit.
Elle regardait la pierre.	Il est choisi par tout le monde.	Il y a des bouchons sur la route !	Tu as eu un trou de mémoire.
Tu as été chef d'équipe.	Tu suivais mes conseils.	Tu as consacré ta vie à ta vengeance.	Sakura tombe de fatigue.

Mauvais langage

Naruto s'amuse à parler en langage familier, ce qui n'est pas du goût de Sasuke.

Réécris dans la bulle de Sasuke les phrases de Naruto, mais en langage courant.

J'ai bouffé comme un goinfre, chuis crevé, j'irais bien me pieuter un peu. Ouais, arrête de me zieuter comme ça ! T'es pas mon daron, tu vas quand même pas m'enguirlander, mon pote !

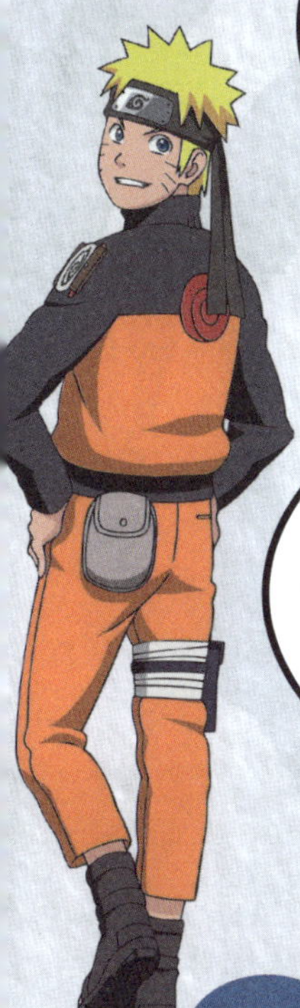

J'ai ...., je suis .... j'irais bien me .... un peu. ...., arrête de me .... ! ...., ... quand même pas ...., mon .... !

Chacun son nombre

Naruto choisit les pierres divisibles par 3 : entoure-les en rouge.

Sakura choisit les pierres divisibles par 4 : entoure-les en bleu.

Sasuke choisit les pierres divisibles par 5 : entoure-les en vert.

1 136	2 210	6 123	8 816
1 232	3 189	7 685	9 813
129	4 585	7 730	

Vite, vite !

Kakashi est toujours en retard, mais peut-être qu'avec un peu d'aide, il sera à l'heure du rendez-vous aujourd'hui !

Convertis en heures, minutes et secondes les durées ci-dessous.

766 min = ...

....

36 456 s = ...

....

45 980 s = ...

....

1 232 min = ...

....

39 000 s = ...

....

1 + 1 = 1

Associe chaque préfixe à un mot en les coloriant de la même couleur pour former un autre mot.

histoire	fumer	honnête	gramme
responsable	mal-	par-	pré-
certain	amphi-	in-	odorant
ir-	il-	extra-	mal-
poser	super-	auto-	kilo-
théâtre	lisible	mobile	ordinaire

Esprit de camaraderie

L'Académie des ninjas est une grande famille. Suis les lignes et place les lettres au bon endroit pour former un mot.

Quel est le radical de ce mot ? Trouve au moins cinq mots de la même famille que ce terme grâce à des préfixes et des suffixes.

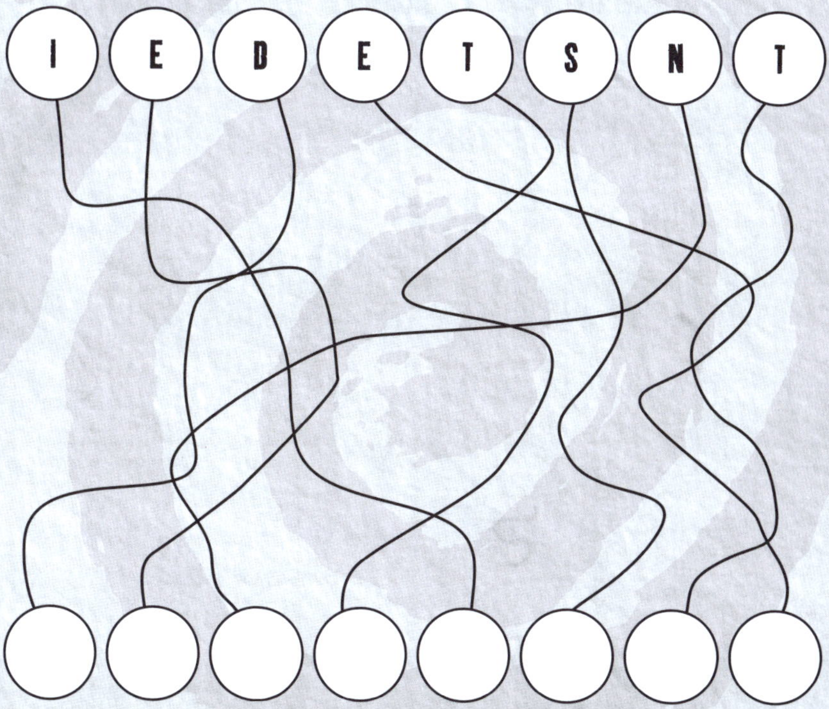

....

In a bubble

Colorie les bulles de mots qui permettent d'écrire une phrase correcte.

I | hasn't | haven't | got a mobile phone.

| Has | Have | Sakura got blue eyes?

What | has | have | she got?

Boys | has | have | got a bike.

Solutions

PAGE 7 :

96 768 987 : quatre-vingt-seize millions sept cent soixante-huit mille neuf cent quatre-vingt-sept

638 879 123 : six cent trente-huit millions huit cent soixante-dix-neuf mille cent vingt-trois

76 567 033 : soixante-seize millions cinq cent soixante-sept mille trente-trois

84 321 021 : quatre-vingt-quatre millions trois cent vingt et un mille vingt et un

68 765 374 : soixante-huit millions sept cent soixante-cinq mille trois cent soixante-quatorze

PAGE 8 :

RENTREZ	USENT
~~CHANTIONS~~	TERMINONS
PEUX	~~CORRESPONDIT~~
PEINT	~~ENCHANTA~~
SENTEZ	NOMME
~~DISIEZ~~	EMPLOIENT

PAGE 9 :

Est-ce ton idée ?
Oui, c'est la mienne.

Est-ce l'entraînement de Naruto et toi ?
Oui, c'est le nôtre.

Est-ce l'entraîneur de Sakura ?
Oui, c'est le sien.

Sont-elles tes vraies amies ?
Oui, ce sont les miennes.

Est-ce la lettre de Sakura et Naruto ?
Oui, c'est la leur.

PAGE 10 :

couramment, merveilleusement, incroyablement, anciennement, rapidement, patiemment, calmement, poliment, cruellement, évidemment, méchamment, sagement, courageusement

PAGE 11 :

Nous sommes arrivées à Konoha.

Elles ont emprunté la route.

Nous avons gagné de nombreux points.

Vous êtes allés vous entraîner.

Nous avons fait tomber l'étagère.

PAGE 12 :

joyeux-gai

aimer-adorer

automobile-véhicule

maison-demeure

peureux-craintif

gronder-réprimander

moche-laid

chaussures-souliers

commerce-magasin

siège-fauteuil

fatigué-éreinté

PAGE 13 :

A : sandwich, policeman, brother

An : animal, apple, ice cream, arm, hour

Ø : kings, stars, planes, boys

PAGE 14 :

Naruto a perdu tous ses combats.

Sakura et ses amies ont été arrêtées dans leur élan.

Sasuke et Kakashi sont arrivés en retard.

Sakura était partie sans dire un mot.

PAGE 15 :

De nos jours = présent

Jadis = passé

Autrefois = passé

Avant = passé

Plus tard = futur

Demain = futur

Actuellement = présent

Il y a un millénaire = passé

À l'avenir = futur

À notre époque = présent

PAGE 16 :

Naruto :

les droites A et C, F et J, B et E.

Sakura :

les droites E et F, E et J, C et D, A et D, B et F, B et J.

Des droites sécantes.

PAGE 17 :

6/12

PAGES 18-19 :

AIMÈRENT, ALLA, ALLÈRENT, CHANTÈRENT, COUPA, CRIÂTES, EURENT, FINIRENT, FIRENT, FURENT, FUT, JOUAI, PÊCHAI, PRIS, PRIT, RÉUNIRENT, TRICHAS, VINRENT, VINS, VOULUS

Naruto s'est entraîné durement.

PAGE 20 :

Ne parle pas.
Sakura, écoute-moi.
Prenez à droite derrière le terrain.
Donne-les-nous immédiatement.
Parles-en à quelqu'un.
Entraînez-vous toute la nuit.

PAGE 21 :

IRONT, AUREZ, PRENDRONS, MANGERA, FOUILLERA, GRANDIRAS, POURRAI, ATTENDRAS, METTRA, PENSERONS, BATTREZ, MENTIRONS

PAGE 22 :

prendrais, ~~barra~~, ~~sortiront~~, aurais, ~~battrez~~, ~~découvrent~~, chercherions, admettront, sauriez, ~~profitâmes~~, reviendrait, ~~doivent~~, ~~iront~~, serait

PAGE 23 :

Il l'a posée devant la fenêtre.

Tu l'as trouvée à la tombée de la nuit.

Il la pose sur la table délicatement.

C'est là où je te retrouve pour la première fois.

Naruto la regarde de tous les côtés.

C'est à toi que Sakura l'a promis.

Je vais rester là jusqu'à la fin du duel.

Tu l'as bien méritée, celle-là !

PAGE 24 :

cette

des

forêt

intéressants

leur

maison

partons

prennent

rapide

un

vaste

venez

PAGE 25 :

Offrit : offrir (Sakura, 3e groupe)

Donnerais : donner (Naruto, 1er groupe)

Obéissait : obéir (Kakashi, 2e groupe)

Iront : aller (Sakura, 3e groupe)

Gagnerez : gagner (Naruto, 1er groupe)

Dormions : dormir (Sakura, 3e groupe)

Eut : avoir (Sakura, 3e groupe)

Est : être (Sakura, 3e groupe)

Disait : dire (Sakura, 3e groupe)

Finissions : finir (Kakashi, 2e groupe)

Pouvions : pouvoir (Sakura, 3e groupe)

PAGE 26 :

781

PAGE 27 :

				3 317 760				
			3456		960			
		72		48		20		
	6		12		4		5	
2		3		4		1		5

Kakashi a raison !

Le nombre à obtenir est **3 317 760**.

PAGE 28 :

3,31	<	3,6◎
5,06	<	5,1◎
3,◎32	>	3,02
67,◎86	>	67,08
3,789	<	3,879
24,555	>	24,5
3,23	=	3,2300

PAGE 29 :

13 552 ÷ 112 = 121

24 032 ÷ 751 = 32

1 680 ÷ 8 = 210

13 168 ÷ 16 = 823

PAGE 30 :

$$\frac{36}{48} = \frac{6 \times 6}{6 \times 8} = \frac{6}{8}$$

$$\frac{15}{40} = \frac{3 \times 5}{8 \times 5} = \frac{3}{8}$$

$$\frac{8}{10} = \frac{4 \times 2}{5 \times 2} = \frac{4}{5}$$

$$\frac{35}{42} = \frac{5 \times 7}{6 \times 7} = \frac{5}{6}$$

$$\frac{6}{8} \times 75 = 56,25$$

$$\frac{3}{8} \times 75 = 28,125$$

$$\frac{4}{5} \times 75 = 60$$

PAGE 31 :

23,7 ÷ 14 = 1,69

85,7 ÷ 11 = 7,79

37,2 ÷ 8 = 4,65

```
 23,7 | 14        85,7 | 11        23,2 | 8
-14   |-----     -77   |-----     -32   |-----
 ---  | 1,69      ---  | 7,79      ---  | 4,65
  97  |            87  |            52  |
 -84  |           -77  |           -48  |
 ---  |           ---  |           ---  |
 130  |           100  |            40  |
-126  |
 ---  |
   4
```

PAGE 32 :

Nombre de km parcourus	100	25	75	200	10
Énergie dépensée	6,2	1,55	4,65	12,4	0,62

Le coefficient de proportionnalité est 6,2 ÷ 100 = 0,062.

PAGE 33 :

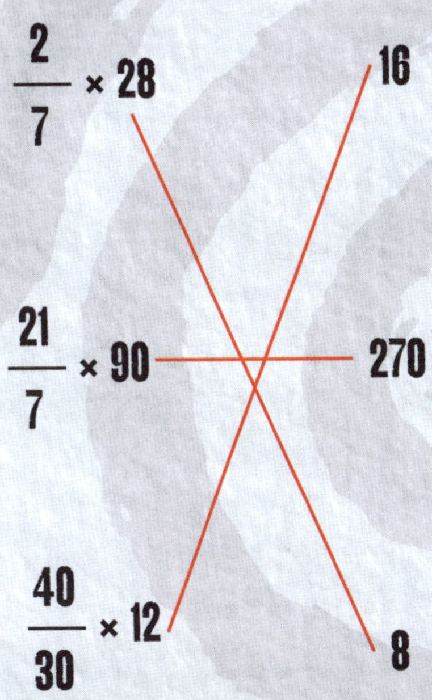

PAGE 34 :

It's one

It's five past nine

It's quarter to ten

It's twenty-five past two

It's six forty-five

It's ten past six

It's twenty to seven

It's half past three

PAGE 35 :

monday, tuesday, wednesday, thursday, friday, saturday, sunday

january, february, march, april, may, june, july, august, september, october, november, december

spring, summer, autumn, winter

PAGE 36 :

$$287{,}5 \times \frac{20}{100} = 57{,}5$$

$$287{,}5 - 57{,}5 = 230$$

$$350 \times \frac{20}{100} = 70$$

$$350 - 70 = 280$$

$$175 \times \frac{20}{100} = 35$$

$$175 - 35 = 140$$

Les autres étiquettes sont correctes.

PAGE 37 :

Il y a 20 triangles.

PAGE 38 :

ABCD : carré

EFGH : parallélogramme

IJKL : rectangle

MNOP : losange

Ce sont tous des quadrilatères.

PAGE 39 :

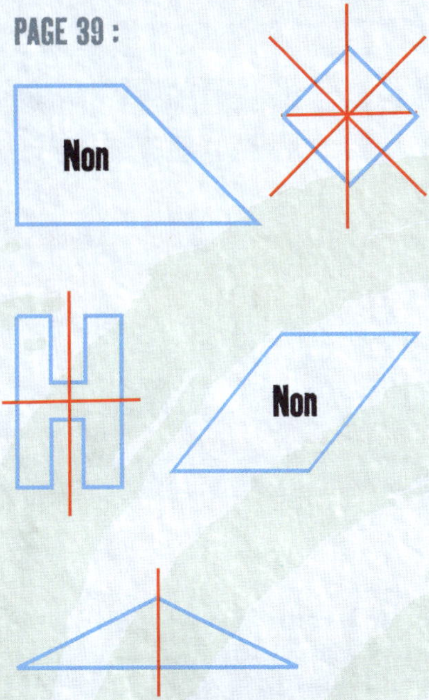

PAGES 40-41 :

CHANCE -> chanceux

CURIOSITÉ -> curieux

DIFFICULTÉ -> difficile

ÉCOLE -> scolaire

EXACTITUDE -> exact

GENTILLESSE -> gentil

HONTE -> honteux

LOYAUTÉ -> loyal

ORCHESTRE -> orchestral

PARESSE -> paresseux

PEUPLE -> populaire

PUISSANCE -> puissant

SÉCHERESSE -> sec

SPORT -> sportif

TIMIDITÉ -> timide

TRAVAIL -> travailleur

PAGE 42 :

Naruto : 6,7 × 2 + 4,8 × 2 = 23 m

Sakura : 8,78 × 4 = 35,12 m

Sakura a la chambre au plus grand périmètre.

PAGE 43 :

Terrain 1 : 6,3 × 3 ÷ 2 = 9,45 m^2

Terrain 2 : 3 × 6 = 18 m^2

Terrain 3 : rectangle = 3 × 5 = 15 m^2 ; triangle rectangle = (2 × 3) : 2 = 3 m^2

15 + 3 + 3 = 21 m^2

Terrain 4 : 3,14 × 2 × 2 = 12,56 m^2

Le terrain 3 a la plus grande aire.

PAGES 44-45 :

Académie ninja.

BROUGHT, BOUGHT, DID, DROVE, FELT, FOUND, FORGOT, WENT, HAD, LEARNT, LOST, PAID, PUT, SOLD, RODE, SANG, SAT, SLEPT, SPOKE, STOOD, SWAM, THOUGHT, UNDERSTOOD, WORE, WROTE

PAGE 46 :

Angles aigus	Angles droits	Angles obtus	Angles plats
$\widehat{MER}$	$\widehat{BUS}$	$\widehat{ADO}$	$\widehat{BOF}$
$\widehat{GEL}$	$\widehat{BON}$	$\widehat{FIN}$	$\widehat{TOP}$
$\widehat{FIL}$	$\widehat{SON}$	$\widehat{BOL}$	$\widehat{PUR}$
$\widehat{ZUT}$			

PAGE 47 :

V = 3 × 5 × 2 = 30 m³

30 m³ = 30 000 L

V = 3 × 3 × 3 = 27 m³

27 m³ = 27 000 L

PAGE 48 :

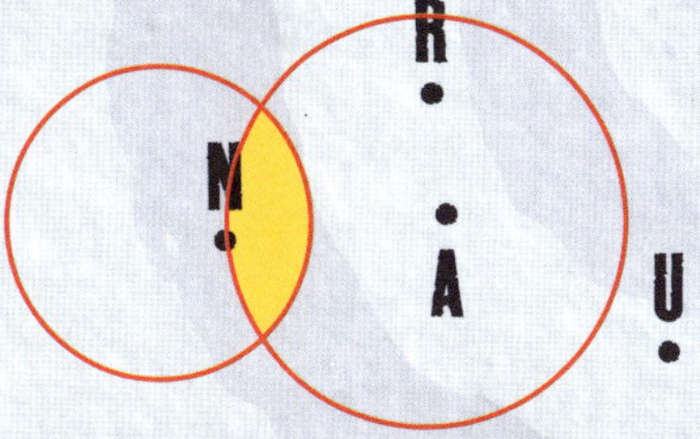

T

O

Une corde.

Un disque.

PAGE 49 :

Shino : 3 502 cm = 35,02 m

Deidara : 71,7 dm = 7,17 m

Gaara : 0,04 km = 40 m

Kiba : 5,75 dam = 57,5 m

Temari : 2 232 mm = 2,232 m

PAGE 50 :

1 t = 1 000 kg

1 q = 100 kg

171 367 cg = 1 713,67 g

2 763 dag = 27 630 g

12 176 mg = 12,176 g

179 dag = 1 790 g

1 288 hg = 128 800 g

232 178 dg = 23 217,8 g

2,78 kg = 2 780 g

PAGE 51 :

Exclamative :

Quelle énergie ce matin, Naruto !

Incroyable, mais vrai !

Je ne peux plus le supporter !

Interrogative :

Comment as-tu fait ?

Où vas-tu aller ?

Injonctive :

Entrez !

Ne viens pas.

Déclarative :

Il a réfléchi à sa stratégie toute la nuit.

Sakura est ma coéquipière.

Elle ne recule devant aucun obstacle.

PAGE 52 :

1	M	I	G	N	O	N	N	E			
2	F	R	A	I	C	H	E				
	3	L	O	N	G	U	E				
			4	J	A	L	O	U	S	E	
		5	T	U	R	Q	U	E			
		6	I	T	A	L	I	E	N	N	E
			7	S	È	C	H	E			
	8	R	O	U	S	S	E				

PAGE 53 :

NARUTO	~~ÊTRE APPELÉ~~	~~PARAÎTRE~~	AIMERAIT
~~DEVENIR~~	RENCONTRER	~~ÊTRE~~	~~SE FAIRE~~
~~S'APPELER~~	~~AVOIR L'AIR~~	~~RESTER~~	UN
HOKAGE	~~DEMEURER~~	~~ÊTRE ÉLU~~	~~SEMBLER~~

Naruto aimerait rencontrer un Hokage.

PAGE 54 :

J'adore ce jardin.

Sakura obéit aux ordres.

Sasuke parle de moi.

Naruto veut parler.

Il leur apporte de la motivation.

Elle donne de l'importance à Naruto.

Il exige que Naruto et Sasuke boivent une soupe.

Elle lui offre une médaille

Je consens à ce que tu affrontes Sasuke.

PAGE 55 :

	Temps	Lieu	Moyen	Manière
Au lever du soleil, j'ai trouvé Naruto.	X			
J'ai été parfaitement honnête avec toi.				X
Un entraînement a lieu sur la place du village.		X		
Sakura court quand elle est en retard.	X			
Je m'entraîne avec enthousiasme.				X
Je dois arriver avant midi.	X			
Je me suis endormi sur le sable.		X		
Tu reviendras bientôt.	X			
Je m'entends à merveille avec Naruto.				X
Il s'est déplacé à vélo.			X	
Je suis parti en claquant la porte.				X

PAGE 56 :

Nous étions orphelins.	Je suis tombé dans les pommes.	Ils ont abandonné leurs élèves.	Il a acquis une grande technique.
Elle ne bénéficiait d'aucune aide.	Naruto est dans la lune.	Tu deviendras un ninja.	Tu saignais du nez.
Tu avais peur des fantômes.	Il a la langue bien pendue.	Il avait un poil dans la main.	Tu as perdu espoir.
Elles ont arrêté à temps.	Ils joueront ensemble.	Nous avions un chat dans la gorge.	Vous aviez le temps.
Ils ne pouvaient pas venir.	Vous êtes enfin revenus.	Il a le cœur sur la main.	Il a médité toute la nuit.
Elle regardait la pierre.	Il est choisi par tout le monde.	Il y a des bouchons sur la route !	Tu as eu un trou de mémoire.
Tu as été chef d'équipe.	Tu suivais mes conseils.	Tu as consacré ta vie à ta vengeance.	Sakura tombe de fatigue.

Le sens figuré.

PAGE 57 :

J'ai mangé comme un ogre, je suis fatigué, j'irais bien me coucher un peu. Oui, arrête de me regarder comme cela ! Tu n'es pas mon père, tu ne vas quand même pas me gronder, mon ami !

PAGE 58 :

1 136	3 189	7 730
1 232	4 585	8 816
129	6 123	9 813
2 210	7 685	

PAGE 59 :

766 min = 12 h 46 min

36 456 s = 10 h 7 min 36 s

45 980 s = 12 h 46 min 20 s

1 232 min = 20 h 32 min

39 000 s = 10 h 50 min

PAGE 60 :

malhonnête, parfumer, préhistoire, amphithéâtre, incertain, irresponsable, illisible, extraordinaire, malodorant, automobile, kilogramme, superposer.

PAGE 61 :

Dentiste. Le radical est « dent ».
dentifrice, dentition, édenté, dentelle, dentellière, dentier, dentaire, trident, denteler, chiendent

PAGE 62 :

I haven't got a mobile phone.

Has Sakura got blue eyes?

What has she got?

Boys have got a bike.

Diplôme de Naruto Shippuden

Décerné à :

....

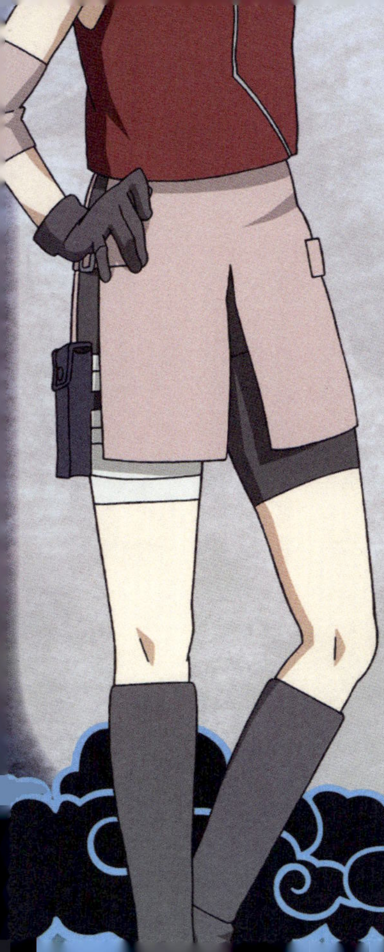

Fait à : ....

Le : ....

Signature :

....

Achevé d'imprimer en Espagne par Gráficas Estella
Dépôt légal : avril 2023 - 330186/02
N° de projet : 11052647 - mars 2023